4-5 años

Disney

FROZEN II

Cuaderno de VACACIONES

Escritura

Expresión oral

Formas y números

Explorar el mundo

Papel certificado por el Forest Stewardship Council®

MIXTO
Papel
FSC® C117695

Penguin Random House Grupo Editorial

Primera edición: mayo de 2024
Segunda reimpresión: junio de 2026

Printed in Spain – Impreso en España

ISBN: 978-84-19487-14-8
Depósito legal: B-4485-2024

Diseño y maquetación: MYR Servicios Editoriales, S.L.

Impreso en ÍNDICE, S.L.
(Barcelona)

DS 8 7 1 4 A

Información para familias y educadores

Vacaciones con Princesas Frozen II es un cuaderno con material práctico y divertido. Las 101 actividades propuestas favorecen el desarrollo de las competencias básicas del currículo escolar. Todos los contenidos se tratan desde una perspectiva transversal. Es decir, cada actividad combina conocimientos de diversas áreas, valores, procedimientos y actitudes aspirando a una «educación para la vida».

Materiales: lápices de colores, lápices, pintura (opcional), ceras de colores. El empleo de los materiales debe estar supervisado siempre por un adulto a fin de evitar un uso inadecuado y/o accidentes.

A los cinco años, vuestro hijo ha afianzado su autonomía y comienza un rápido aprendizaje. Es más maduro intelectualmente y es capaz de prestar atención durante más tiempo. Además, a esta edad, ha desarrollado notablemente el lenguaje oral y está cada vez más familiarizado con el lenguaje escrito. Su aprendizaje lógico matemático comienza a consolidarse (reproduce figuras geométricas, clasifica objetos, empieza a calcular pequeñas sumas y puede contar hasta diez). Por ello, las actividades que se proponen en este cuaderno están clasificadas en cinco categorías:

Escritura Reconocer y trazar letras y palabras.

Juegos Buscar, identificar diferencias y semejanzas.

Matemáticas Reconocer y trazar los números y las formas. Contar y sumar.

Observación Describir y reflexionar. Relacionar conceptos y trabajar la expresión oral.

Plástica Dibujar y pintar.

Las vocales

1. Traza la letra **A** y la letra **E** que falta en las siguientes palabras.

ELSA

ANNA

HERMANAS

2. Escribe tu nombre o el de tu hermana o hermano.

3. Escribe en orden esta frase.

las canciones de cuna / escuchan / su madre / que les canta

Elsa y Anna ....

....

....

....

....

4. Pinta la nota musical más grande de color azul y la más pequeña de color rosa. Colorea el resto de notas musicales como más te guste.

El número 1

5. El muñeco de nieve Olaf es el inseparable compañero de aventuras de Anna y Elsa. Lee la frase y traza la palabra.

OLAF TIENE
UNA ZANAHORIA
POR NARIZ.

6. Traza el número **1** y completa la línea.

1

Los amigos

7. Elsa y Anna viven felices en Arendelle con sus amigos Kristoff y Olaf. Contesta las preguntas:

¿A quién da la mano Olaf?

¿Hay un reloj en la imagen?

Describe el lugar donde viven Elsa y Anna.

8. Señala en la imagen las siguientes palabras:

☐ BANDERÍN

☐ MONTAÑA

☐ FAROLA

La letra M

9. Elsa y Anna están muy unidas y se preocupan una de la otra. Completa la frase con la opción correcta y traza la letra **M**.

Elsa y Anna son

....

HERMANAS

PRIMAS

10. Traza la letra **M** y completa la línea.

M

Sombras

11. ¿Cuál de estas sombras pertenece a la imagen en color?

1

2

3

4

5

6

12. Traza la palabra.

O L A F

El círculo

13. Elsa tiene el poder de convertir todo lo que toca en hielo. Traza los círculos y colorea los copos de nieve.

Noche estrellada

14. Compara estas dos escenas y contesta las preguntas.

¿Dirías que Anna está preocupada?

¿Dónde está apoyada Anna?

¿Hacia dónde mira Elsa?

15. Señala en la imagen las siguientes palabras:

☐ BALCÓN

☐ CRISTALES

☐ HIELO

La letra P

16. Elsa oye una voz mágica. Aguza tu oído y dibuja un recuadro alrededor de las palabras que tengan el sonido «**P**».

PALACIO

NIEVE

PRADO

COPO

17. Traza la letra **P** y completa la línea.

P

18. Enséñale a Kristoff el camino para llegar hasta el reno Sven.

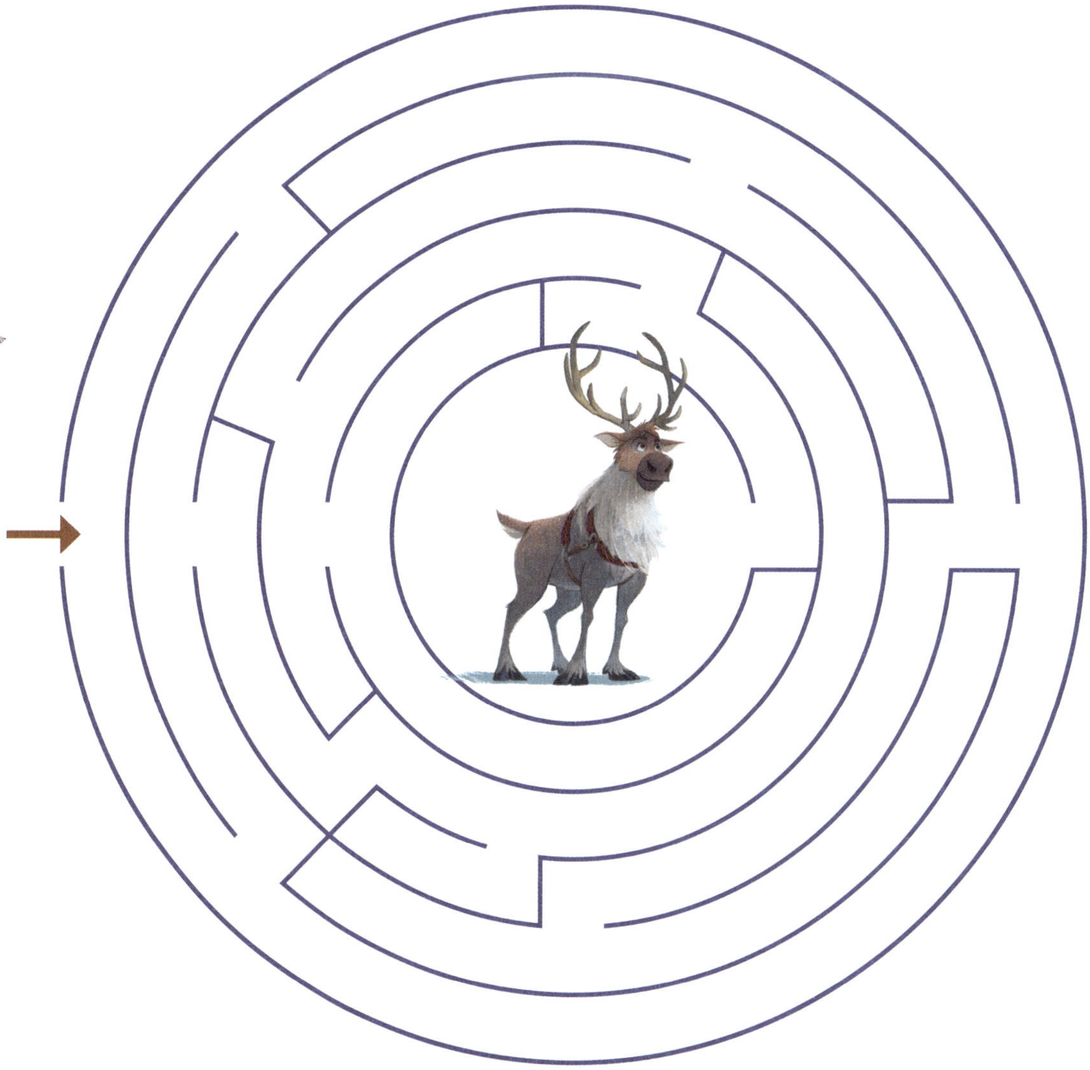

19. Traza la palabra.

RENO

El número 2

20. Anna te anima a contar. ¿Cuántos objetos hay en cada grupo?

21. Traza el número **2** y completa la línea.

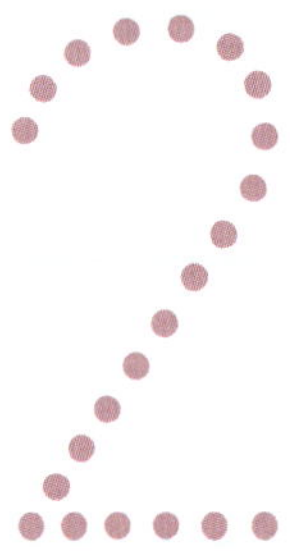

La montaña

22. Los trols viven en las montañas y respetan la naturaleza. Contesta las preguntas:

¿Está Kristoff en la escena?

¿Cómo es el paisaje?

¿Cuántos niños hay?

23. Señala en la imagen las siguientes palabras:

- ☐ ROCA
- ☐ PIES
- ☐ OREJAS

La letra L

24. Leer es toda una aventura y una gran fuente de diversión. Escribe la letra **L** para completar las palabras.

........IBRO

VE........A

AZU........

O........AF

25. Traza la letra **L** y completa la línea.

Adivina, adivinanza...

26. ¡Concurso de adivinanzas! ¿Sabes qué animales son?

Me retratan a color pero salgo en blanco y negro,
No soy de peluche pero a veces lo parezco.
Soy el O............... P....................... .

Me gusta ir elegante y con frac.
Me encanta nadar pero no volar.
Soy el P............................ .

27. Coloca esta página delante de un espejo y podrás leer esta frase del derecho.

A Olaf le gusta hacer mímica

28. Pinta el dibujo de Anna y Olaf con los colores que prefieras. Puedes pegar trocitos de algodón para simular la nieve.

¿Qué sentimientos te sugiere el dibujo?

29. Acaba el dibujo siguiendo el orden de los números y trázalo. Después, coloréalo.

???

Di al menos tres palabras relacionadas con la nieve.

La letra D

30. Kristoff y Olaf te retan a escribir la letra **D** en estas palabras.

DIENTE DEDO

DOS DADO

31. Traza la letra **D** y completa la línea.

D

Las diferencias

32. Anna y Elsa se dirigen junto a sus amigos al Bosque Encantado. Señala cinco diferencias entre las dos imágenes.

Pinta una hoja por cada diferencia.

Formas

33. Gran Pabbie conoce los secretos de la naturaleza y da sabios consejos. Traza y pinta las formas. ¿Sabes el nombre de cada una?

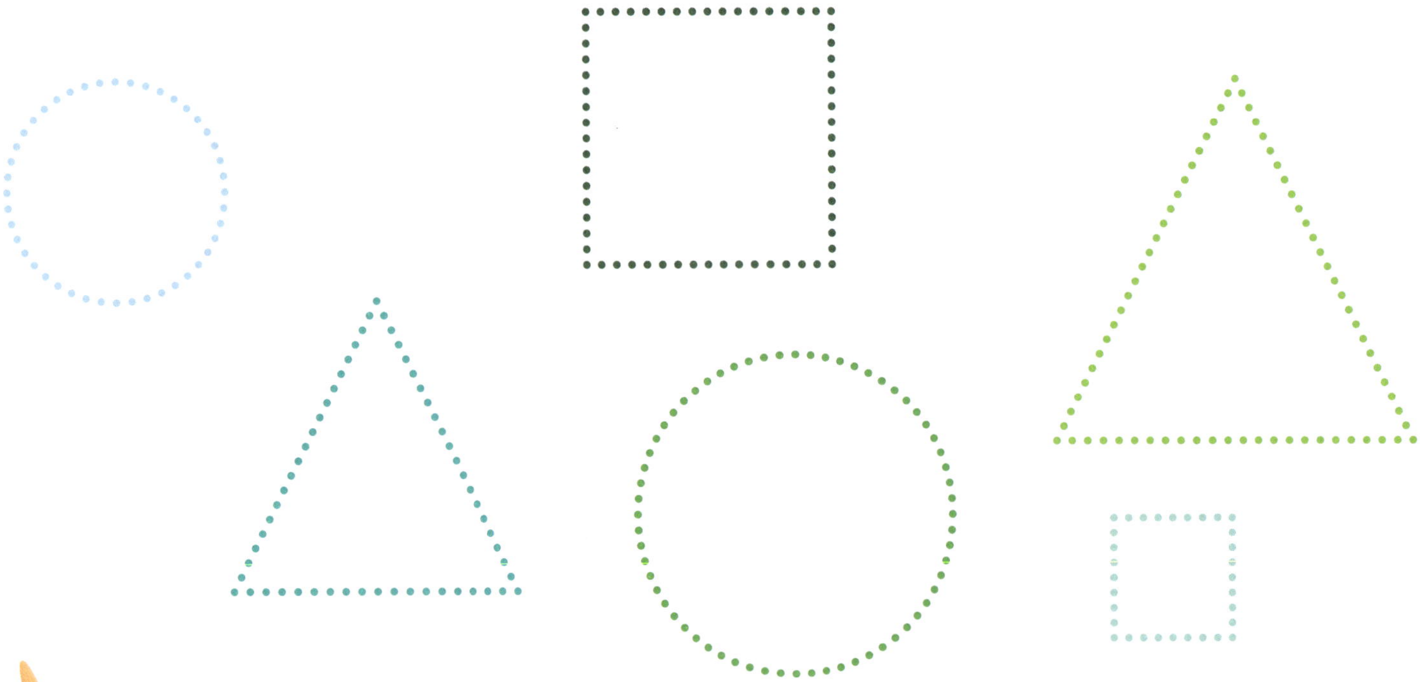

34. Dibuja un paisaje con montañas.
¿Qué forma tienen?

El bosque

35. La belleza del Bosque Encantado es impresionante. Observa la imagen y contesta las preguntas:

¿Está nevando en el bosque?

¿De qué color son las hojas de estos árboles?

¿Son altos o bajos los árboles?

36. Señala en la imagen las siguientes palabras:

☐ **TRONCO**

☐ **HOJAS**

☐ **RAMAS**

La letra S

37. Bruni es una salamandra y, en el Bosque Encantado, representa el Espíritu del Fuego. Traza la letra **S** en las siguientes palabras.

SALAMANDRA

ESPÍRITU

LLAMAS

38. Traza la letra **S** y completa la línea.

S

Sopa de letras

39. Busca estas palabras en la sopa de letras.

- ☐ OLAF
- ☐ HIELO
- ☐ HOJAS
- ☐ TROL
- ☐ AMIGO

H	I	E	L	O
O	L	A	F	T
J	U	Z	D	R
A	M	I	G	O
S	R	T	P	L

? ? ?

¿A qué estación del año te recuerda la imagen?

El número 3

40. Vaya remolino de nieve y hielo. Cuenta de tres en tres y escribe el número que falta.

41. Traza el número **3** y completa la línea.

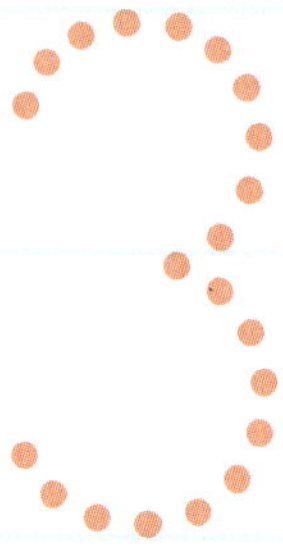

Los Northuldra

42. El Bosque Encantado es el hogar de los Northuldra, un pueblo que vive en paz y armonía con la naturaleza. Contesta las preguntas.

Fíjate en las caras de todos, ¿están sonrientes?

¿Qué hacen Elsa y Anna?

¿Qué hace la anciana Northuldra?

43. Señala en la imagen las siguientes palabras:

☐ CINTURÓN

☐ COLGANTE

☐ TRENZA

La letra T

44. Kristoff es valiente y decidido, y ahora te desafía a encontrar la letra **T** en todas las palabras de esta frase.

KRISTOFF NO LE TEME A NADA Y LE ENCANTA LA AVENTURA. SIEMPRE ESTÁ DISPUESTO A AYUDAR A ELSA Y ANNA.

45. Traza la letra **T** y completa la línea.

La biblioteca

46. La biblioteca de Oddvar es muy conocida en Arendelle. Relaciona cada escena con la frase que le corresponde.

Hay gente haciendo cola para entrar en la biblioteca.

Anna y Olaf van a la biblioteca.

¡Todos felicitan a Olaf!

Olaf reparte los libros entre todos.

El óvalo

47. Elsa crea originales formas con su poder de controlar el hielo. Traza estas formas y pinta solo los óvalos.

48. Traza esta cenefa.

Los cuatro elementos

49. Honeymaren muestra a Elsa los elementos de la naturaleza representados en el chal: el agua, el fuego, el aire y la tierra. Contesta las preguntas.

¿Dónde están sentadas Elsa y Honeymaren?

¿De qué color es el chal?

¿Crees que hace frío o calor?

50. Señala en la imagen las siguientes palabras:

☐ **FUEGO**

☐ **CHAL**

☐ **GORRO**

La letra N

51. Anna tiene un corazón de oro y nunca se da por vencida. ¿Te atreves a completar esta pirámide de palabras? Luego, traza la letra **N**.

ANNA

A

N A N A

52. Traza la letra **N** y completa la línea.

N

53. Con Olaf todo es más divertido. Relaciona estas palabras en inglés con la parte del cuerpo correspondiente.

HEAD

NOSE

FOOT

ARM

54. Haz un dibujo y utiliza estos colores para pintarlo:
RED, BLUE, YELLOW.

55. Traza y pinta el dibujo de Bruni siguiendo el modelo.

¿Cuántas patas tiene Bruni?

56. Colorea como más te guste y dibuja un sol encima de Olaf.

Pega bolitas de papel naranja en la nariz.

La letra F

57. Olaf es feliz descubriendo las maravillas del bosque. Traza la letra **F** y contesta la pregunta.

FELIZ

¿Cuál es el contrario de FELIZ?
Subraya la palabra correcta.

ALEGRE TRISTE

SIMPÁTICO

58. Traza la letra **F** y completa la línea.

F

Completa el puzle

59. Elsa ha creado una preciosa figura de hielo. Señala dónde va cada pieza y completa la imagen.

1 2 3 4

El número 4

60. Cuenta los elementos de cada grupo y completa la suma.

61. Traza el número **4** y completa la línea.

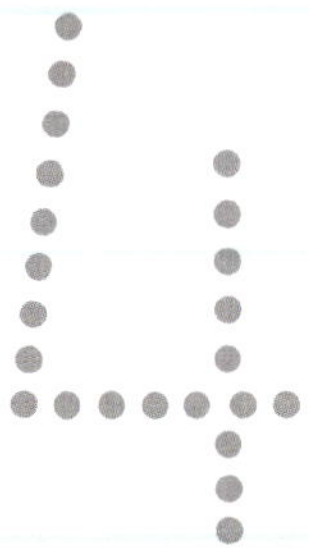

El mapa

62. Anna y Elsa descubren la ruta que hicieron sus padres en busca de respuestas sobre la magia de Elsa.

63. Señala en la imagen las siguientes palabras:

- ☐ ESCALERA
- ☐ CUERDA
- ☐ MAPA

La letra B

64. ¿A quién está mirando Elsa? Seguro que lo sabes. Traza la letra **B** y di las palabras en voz alta.

BRUNI

BLANCO

65. Traza la letra **B** y completa la línea.

B

Series

66. Ayuda a Olaf a completar las series con el dibujo que falta.

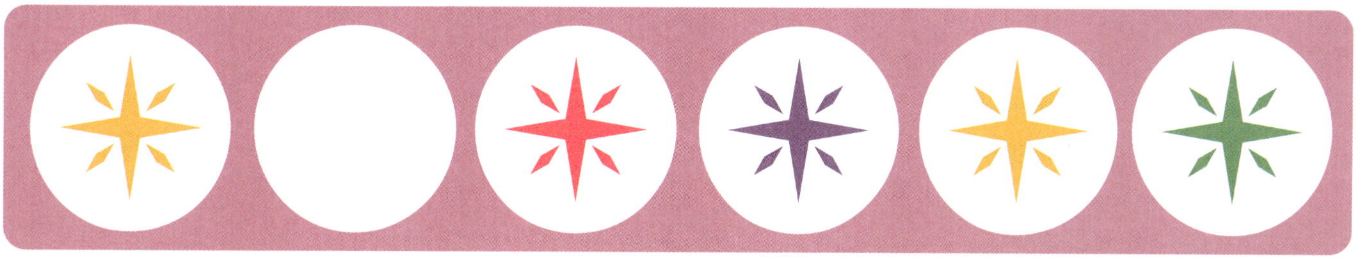

67. ¿Qué tiene Olaf en la mano?

El triángulo

68. Traza el triángulo y señala la palabra «triángulo» bien escrita.

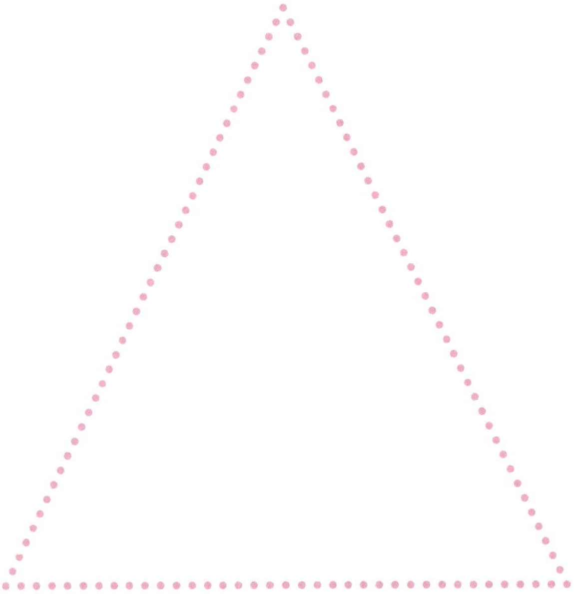

TRIÁNGLUO TRIÁNGULO

TRÁNGULO

69. Señala los triángulos en estos dibujos.

La Reina de las Nieves

70. Guiada por la voz del pasado, Elsa entra en una cueva de hielo y su poder crece hasta convertirse en la Reina de las Nieves. Contesta las preguntas.

¿De qué color es la cueva?

¿Qué hay alrededor de Elsa?

¿Elsa está mirando hacia arriba o hacia abajo?

71. Señala en la imagen las siguientes palabras:

- ☐ VELO
- ☐ VESTIDO
- ☐ SANDALIA

La letra C

72. Relaciona cada nombre con la parte del cuerpo correspondiente y traza la letra **C**. ¿Cómo suena en cada palabra?

HOCICO

COLA

CUERPO

73. Traza la letra **C** y completa la línea.

C

El bote de hielo

74. Con su magia, Elsa forma un bote de hielo para Anna y Olaf. Solo uno de los círculos completa la escena. ¿Cuál?

A

B

C

75. Observa la imagen y marca la casilla de la frase verdadera.

☐ EL RÍO ESTÁ HELADO

☐ EL MAR ESTÁ HELADO

El número 5

76. ¿Cuántos personajes hay? Dibuja un círculo alrededor del número correcto.

5 4

3 6

77. Traza el número **5** y completa la línea.

El río

78. Anna y Olaf navegan por el río. Contesta las preguntas.

¿Están cerca o lejos de la orilla?

¿Qué tiene Anna en la mano y para qué lo utiliza?

¿Cómo están las aguas del río, tranquilas o bravas?

79. Señala en la imagen las siguientes palabras:

- ☐ **BOTE**
- ☐ **CAPA**
- ☐ **ARBUSTO**

La letra G

80. Olaf quiere aprender palabras. ¿Le ayudas? Traza la letra **G** y tacha los nombres que no sean de animales.

GUSANO

GUITARRA

GIGANTE

GLOBO

GATO

81. Traza la letra **G** y completa la línea.

G

82. Traza y pinta la estrella de los colores que se indican abajo.

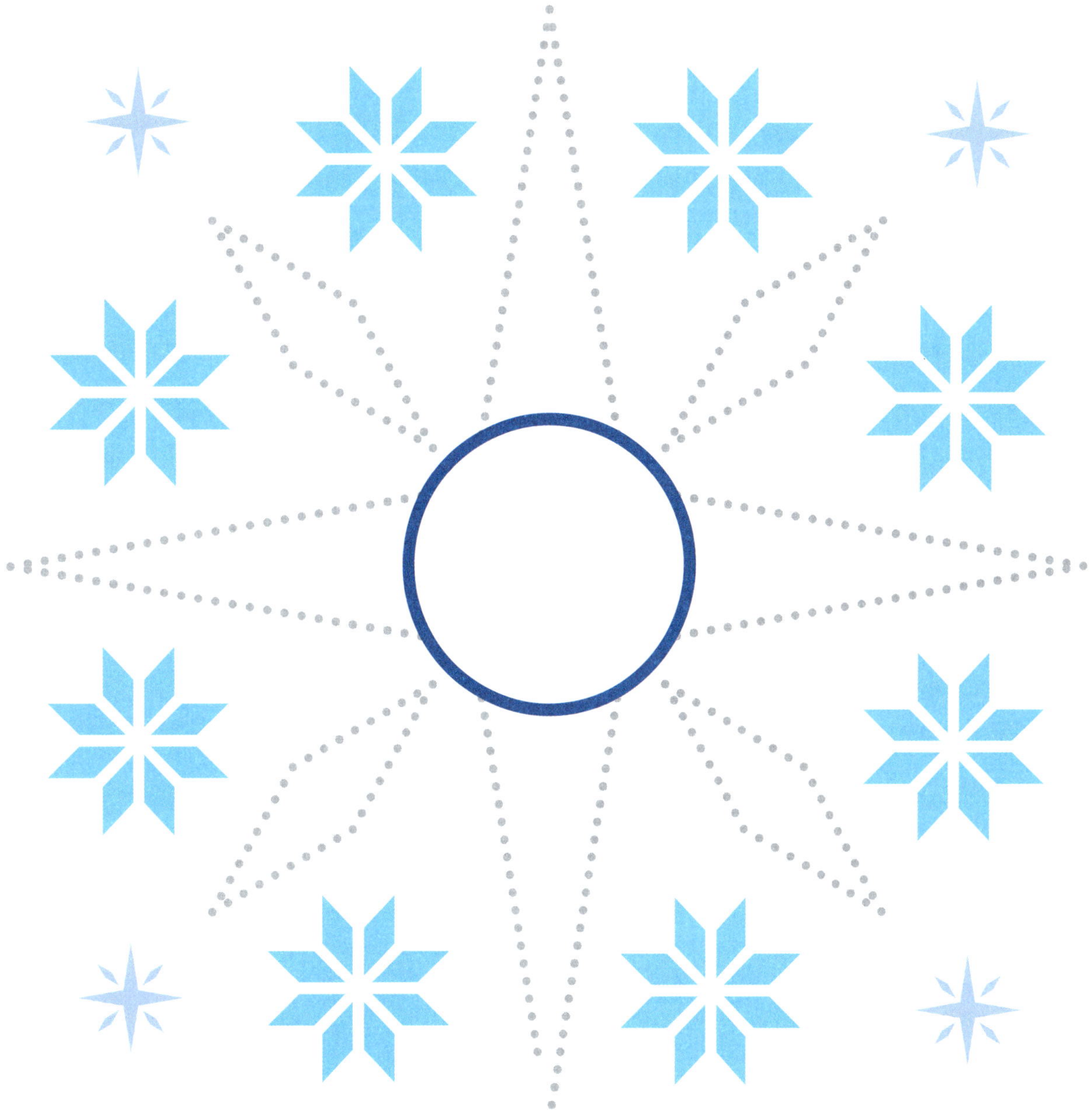

IZQUIERDA: DERECHA: CENTRO:

83. Colorea estos preciosos cristales de nieve.

¿Qué forma tienen? Son r............ .

84. Traza y pinta los árboles y las flores en este hermoso paisaje.

? ? ?

Cierra los ojos e imagina que estás en un bosque. ¿Qué sonidos o colores te inspira?

La letra H

85. Elsa es todo valor y coraje. Escribe la letra **H** en estas palabras. ¿Cómo suena la **H**?

HELADA

HIELO

HELAR

86. Traza la letra **H** y completa la línea.

H

87. Completa este sudoku con las formas que faltan sin repetirlas en ninguna fila ni columna.

¿Cuál de estas formas no has utilizado?

Corazones

88. Nada puede separar a Elsa y Anna. Traza y pinta los corazones.

89. Pinta cada letra de un color diferente.

ABRAZO

El destino de Elsa

90. Tras muchas aventuras, Elsa ha llegado a su destino. Observa la imagen y contesta las preguntas.

91. Señala en la imagen las siguientes palabras.

- ☐ CABALLO
- ☐ CIELO
- ☐ FALDA

La letra J

92. Anna está muy concentrada en la partida de ajedrez. Escribe la letra **J** y dila en voz alta. ¿Cómo es su sonido, fuerte o suave?

A J E D R E Z

J U G A R

J U E G O

J U G A D A

93. Traza la letra **J** y completa la línea.

J

El ajedrez

94. Entre todas estas piezas, solo hay una que no se repite. Dibuja un círculo a su alrededor.

95. Marca los juegos en los que se necesita un tablero.

○ PARCHÍS ○ ESCONDITE ○ LA OCA

Sumas

96. Cuenta los dibujos y completa las sumas con el número correcto.

Día de fiesta

97. Anna se convierte en reina de Arendelle. Observa la imagen y contesta las preguntas.

¿Qué hacen los habitantes de Arendelle?

¿Cómo va vestido Olaf?

¿Qué lleva Anna en la cabeza?

98. Señala en la imagen las siguientes palabras:

☐ ESTATUA

☐ ESCALÓN

☐ TEJADO

Mayúsculas y minúsculas

99. Relaciona las mayúsculas y las minúsculas que corresponden a la misma letra. Utiliza el recuadro como guía.

A E I O U

i o a e u

A	E	I	O	U
a	e	i	o	u

100. Señala en la imagen las siguientes palabras.

- PAJARITA DE PAPEL
- CORONA

La carta

101. Elsa recibe una carta de su hermana Anna. ¡Qué alegría! Coloca cada palabra en el lugar correcto.

Querida Elsa,

En .... todo va de maravilla. Kristoff y .... me ayudan en mis tareas como ....

¡Te esperamos pronto!

Tu .... que te quiere,

Anna.

○ OLAF ○ ARENDELLE

○ REINA ○ HERMANA

Abecedario

Aa
ANNA

Bb
BRUNI

Cc
COPO

Dd
DIENTE

Ee
ELSA

Ff
FUENTE

Gg
GORRO

Hh
HOJA

Ii
INSTRUMENTO

Jj
JUEGO

Kk
KRISTOFF

Ll
LIBRO

Mm
MONTAÑA

Nn
NIEVE

Ññ
NIÑA

Oo
OLAF

Pp
PASTEL

Qq
QUESO

Rr
REGADERA

Ss
SVEN

Tt
TROL

Uu
UNIFORME

Vv
VIENTO

Ww
SÁNDWICH

Xx
EXCAVAR

Yy
REY

Zz
ZAPATILLAS

De todas estas letras, ¿cuáles aparecen en tu nombre? Escríbelas.

....

Trazos

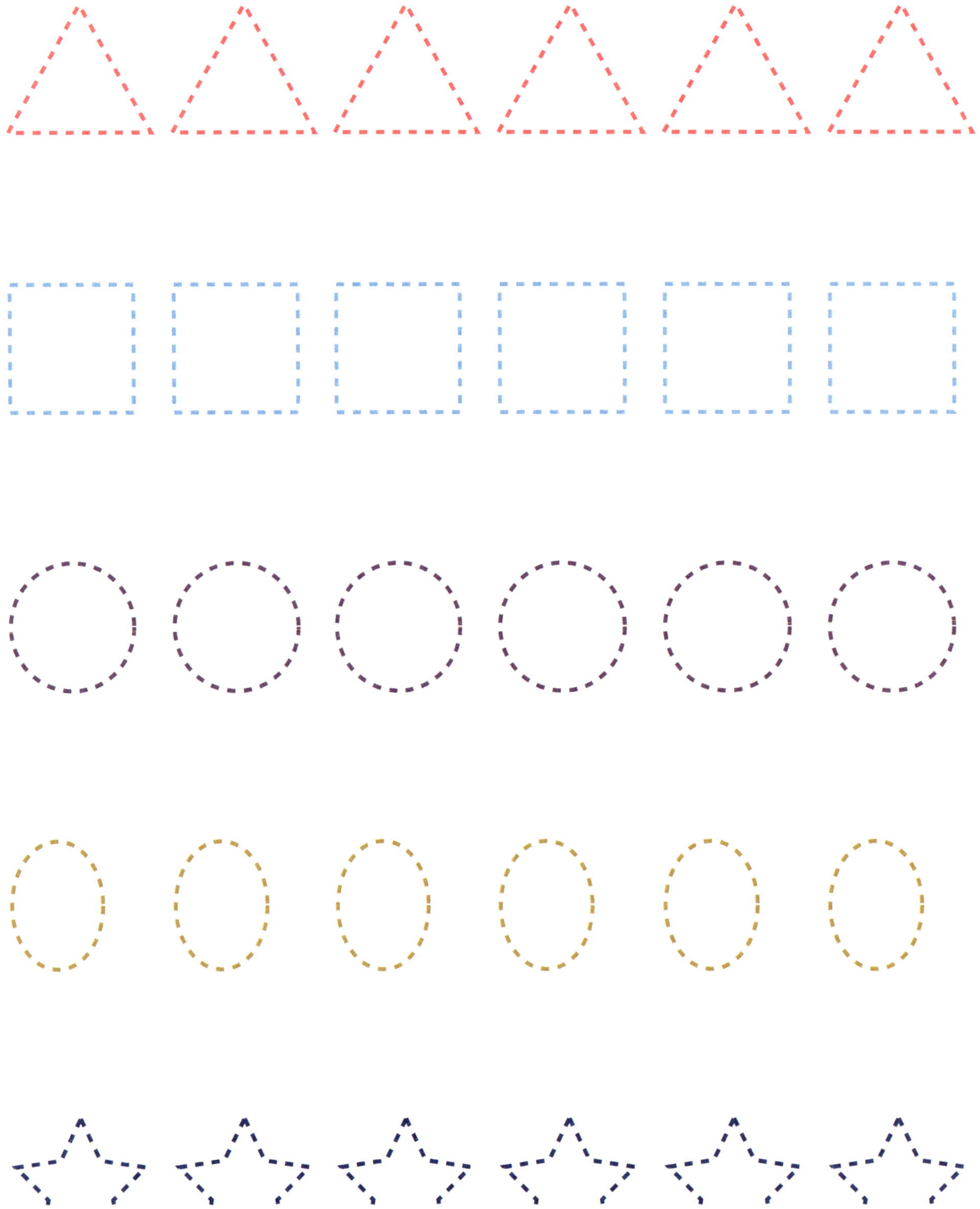

Trazos

Soluciones

Página 7:

3. Elsa y Anna escuchan las canciones de cuna que les canta su madre.

4.

Página 9:

7. Olaf da la mano a Elsa / Sí, hay un reloj.

Páginas 10-11:

9. Elsa y Anna son HERMANAS.

11. La sombra 5.

Página 13:

13. Anna está preocupada / Anna está apoyada en la barandilla del balcón / Elsa mira hacia el cielo.

Página 14:

16. Tienen el sonido «P»: PALACIO / PRADO / COPO.

18.

Páginas 16-17:

20.

22. Kristoff aparece en la escena / Hay un niño.

Página 19:

26. OSO PANDA / PINGÜINO.

27. A Olaf le gusta hacer mímica.

Página 23:

32.

Páginas 24-25:

33. CÍRCULO / CUADRADO / TRIÁNGULO.

35. No nieva en el bosque / Los árboles son altos / Las hojas son marrones, rojizas.

Página 27:

39.

Páginas 28-29:

40.

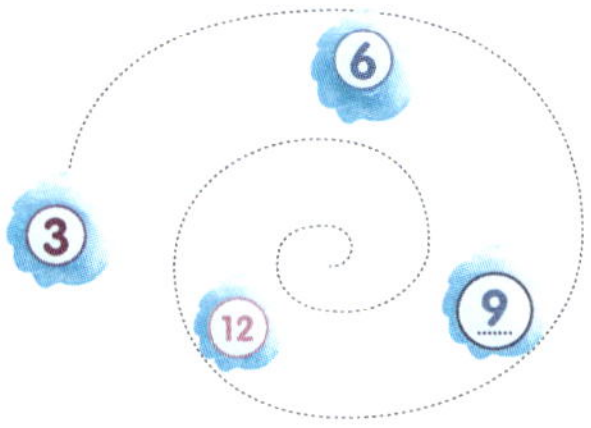

42. Elsa y Anna se dan las manos / Los Northuldra están sonrientes / La anciana Northuldra sonríe y junta las manos de Elsa y Anna.

Páginas 30-31:

44. KRISTOFF NO LE TEME A NADA Y LE ENCANTA LA AVENTURA. SIEMPRE ESTÁ DISPUESTO A AYUDAR A ELSA Y ANNA.

46.

Páginas 32-33:

47.

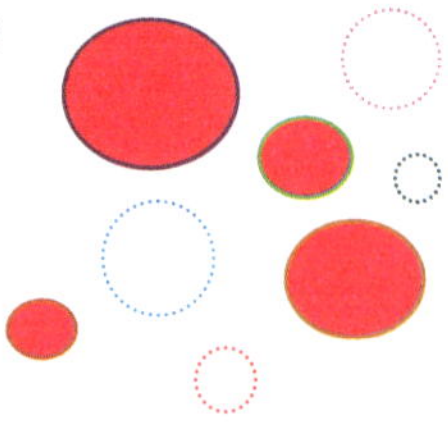

49. El chal es de color granate / Elsa y Honeymaren están sentadas sobre un tronco.

Páginas 34-35:

51.

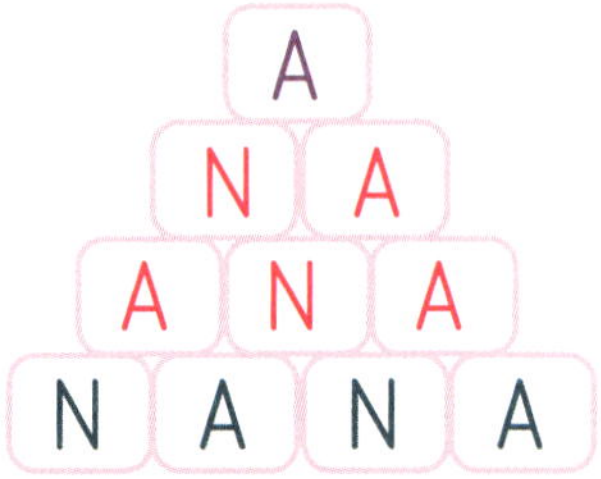

53.

Página 36:
55. Bruni tiene cuatro patas.

Páginas 38-39:
57. TRISTE.

59.

Páginas 40-41:
60.
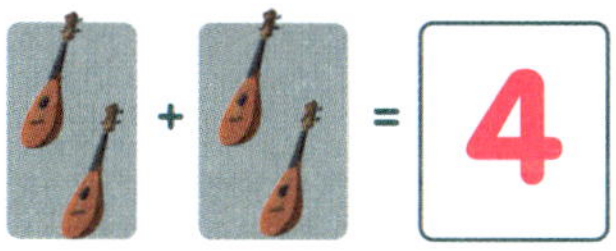

62. Anna y Elsa miran un mapa / Sí, están en los restos de un barco hundido / Anna y Elsa están arrodilladas.

Páginas 42-43:
64. BRUNI.

66.
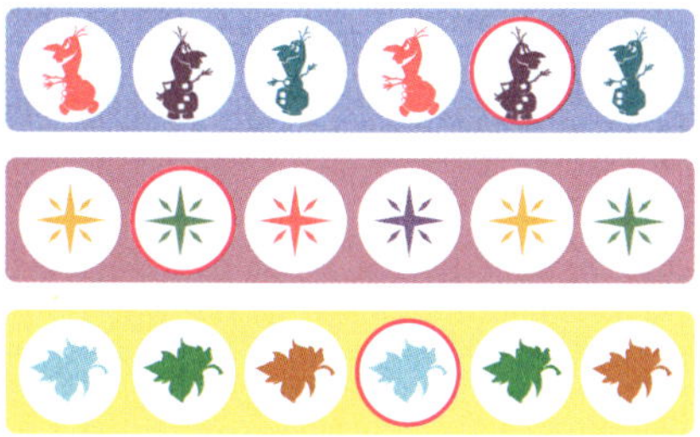

67. Olaf tiene un carámbano de hielo en la mano.

Páginas 44-45:
68. TRIÁNGULO.

70. La cueva es azul oscuro / Hay cristales de hielo alrededor de Elsa / Elsa mira hacia abajo.

Páginas 46-47:
72.
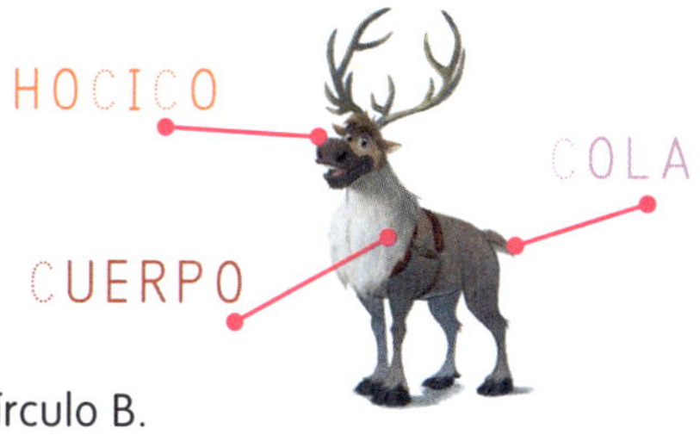

74. El círculo B.

75. EL RÍO ESTÁ HELADO.

Páginas 48-49:
76. Hay 5 personajes.

77. Anna y Olaf están cerca de la orilla / Anna tiene una rama en la mano y la utiliza como remo / Las aguas del río están tranquilas.

Páginas 50-51:
80. No son animales: GUITARRA / GLOBO / GIGANTE.

82.

Página 52:
83. Los cristales tienen forma de rombo.

Página 55:
87.

Página 57:
90. Hay montañas en el paisaje / Elsa está contenta.

Páginas 58-59:
92. El sonido de la J es fuerte.

94.

95. PARCHÍS / LA OCA.

Páginas 60-61:
96.

97. Los habitantes de Arendelle aplauden y celebran la ocasión / Anna lleva una tiara / Olaf va vestido de gala.

Páginas 62-63:
100.

101. ARENDELLE / OLAF / REINA / HERMANA.

Otros títulos de la colección

¡Aprender nunca ha sido tan divertido!